29

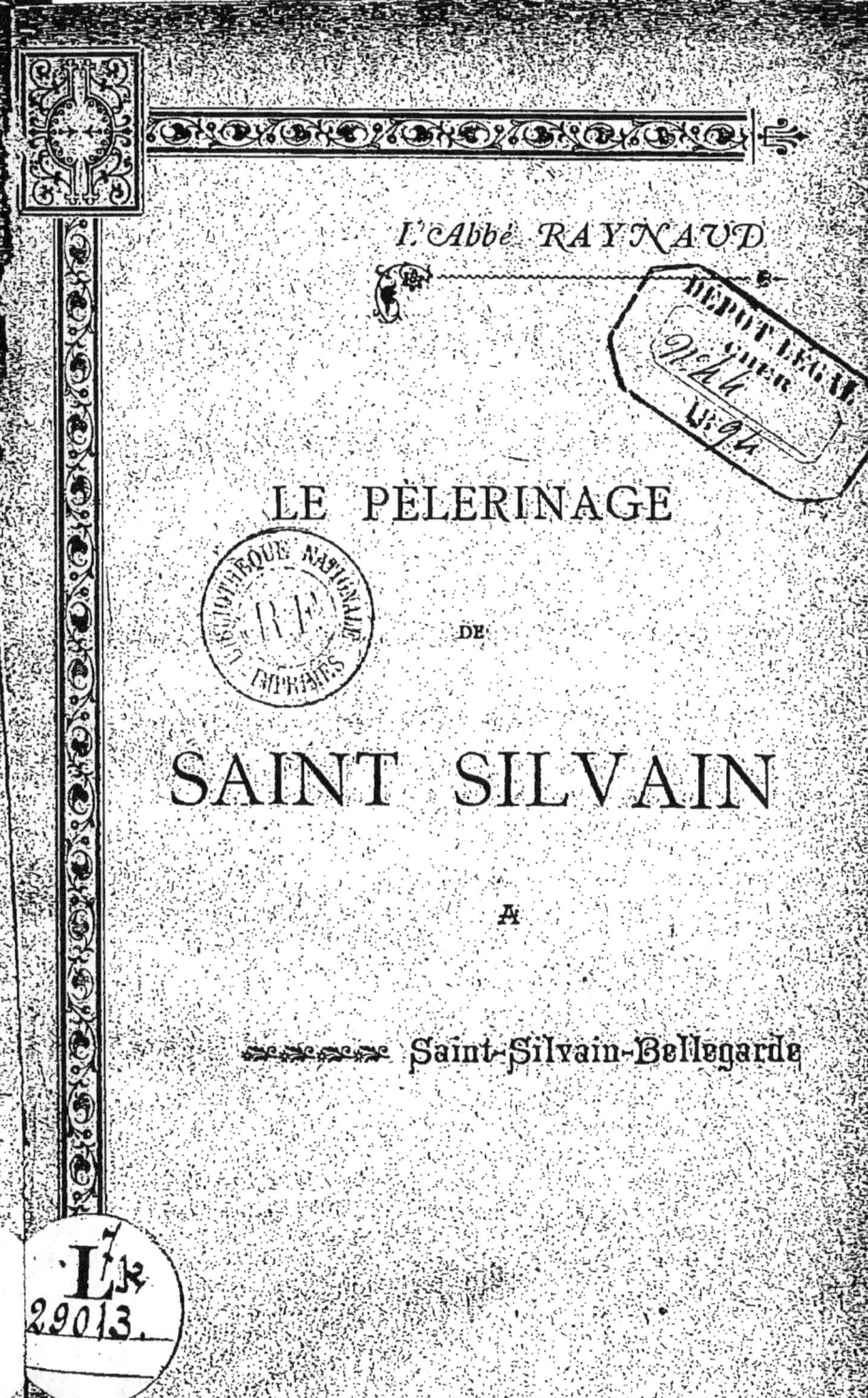

L'Abbé RAYNAUD

LE PÈLERINAGE

DE

SAINT SILVAIN

A

Saint-Silvain-Bellegarde

Memento du Pèlerin

Pèlerinage de saint Silvain à Saint-Silvain-Bellegarde le jour de la Pentecôte et le lendemain, lundi de la Pentecôte.

Fête et Pèlerinage de saint Silvain à Saint-Silvain-Bellegarde, le dimanche qui suit le 22 septembre (Grand pèlerinage).

Adresser la correspondance pour les malades, les enfants, et toutes les intentions que l'on veut recommander à saint Silvain : A MONSIEUR LE CURÉ DE SAINT-SILVAIN-BELLEGARDE, PAR BELLEGARDE (CREUSE).

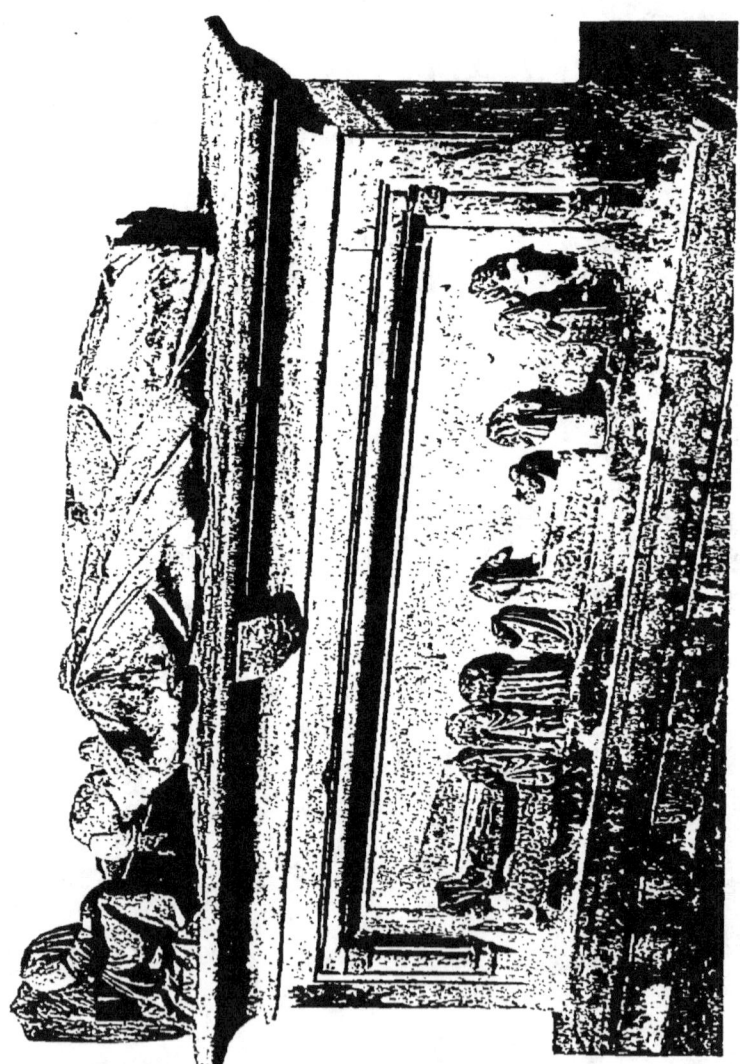

Phototypie J. Royer, Nancy.

PÈLERINAGE DE SAINT-SILVAIN-BELLEGARDE (CREUSE)

TOMBEAU DE Sᵗ SILVAIN À LA CELLE-DUNOISE

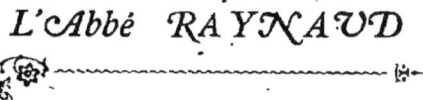

L'Abbé RAYNAUD

LE PÈLERINAGE

DE

SAINT SILVAIN

A

Saint-Silvain-Bellegarde

A M^r L'ABBÉ RAYNAUD
Curé de Saint-Sylvain-Bellegarde (Creuse)

Vénéré Monsieur le Curé,

J'ai lu vos notes sur le Pèlerinage de Saint-Silvain-Belle-garde. Il n'est pas un de vos pieux pèlerins qui ne les trouve intéressantes et ne vous bénisse de les livrer à l'impression. Permettez-moi donc de vous en exprimer mon humble désir.

De toutes parts les traditions sur saint Silvain sortent de l'oubli. Après Levroux, qui fut le centre de son apostolat ; La Celle-Bruères qui conserve le trésor de son tombeau ; Noyers, fondé par notre apôtre dans ses courses apostoliques, c'est Saint-Silvain-Bellegarde qui se recueille et nous livre ses souvenirs. Ce pieux mouvement ne peut manquer de produire ses fruits pour la gloire de notre auguste et commun patron, et pour l'édification des âmes pieuses qui mettent leur confiance en lui.

Vous aurez ainsi des titres à leur gratitude, après avoir payé à saint Silvain un juste tribut de reconnaissance, puisque vous lui devez la double faveur que vous racontez d'une façon si touchante.

Agréez, vénéré et cher Monsieur le Curé, l'hommage de mes sentiments respectueux et affectueux en N.-S.

E. Duroisel,
Curé de La Celle-Bruères.

Auprès du tombeau de St-Silvain, le 2 février 1894

LE PELERINAGE

DE

SAINT SILVAIN

A SAINT-SILVAIN-BELLEGARDE

❖

Il y a de cela bien près de soixante ans — c'était
le jour de la fête de saint Silvain — un pauvre
petit enfant, pour lequel on avait fait en vain appel à
tous les secours de la médecine, était conduit à
Saint-Silvain-Bellegarde. On fait accomplir toutes
les dévotions du pèlerinage à ce petit être dont
l'existence ne semblait plus tenir qu'à un fil. Dès
lors c'en fut fait du mal qui le minait. La guérison
avait été soudaine et complète. L'enfant put faire
ses études et devint prêtre. Pendant vingt ans, il
exerça le saint ministère, comme vicaire et comme
curé, dans de lointaines paroisses du diocèse de
Limoges ; mais saint Silvain l'avait guéri pour lui...
Un jour, sans que la pensée lui soit jamais venue de
le solliciter, il reçoit de son évêque l'ordre de trans-
planter sa tente à Saint-Silvain-Bellegarde... Vingt
autres années se sont écoulées depuis lors, vingt

années pendant lesquelles il a été l'heureux témoin
des grâces innombrables obtenues par l'intercession
de Celui auquel il devait la vie.

L'enfant miraculeusement guéri, aujourd'hui
vieillard à cheveux blancs, est l'auteur de ces pages.
Il les dédie à saint Silvain comme un gage de sa
reconnaissance ; il les offre aux pieux pèlerins qui
se donnent rendez-vous dans sa chère église, comme
le testament de son affection pour eux.

I

Saint-Silvain-Bellegarde et son patron.

A quelques kilomètres au sud d'Aubusson, le
voyageur rencontre le bourg de Saint-Silvain-Bellegarde. De la colline sur laquelle il est assis, la vue
s'étend sur une vaste contrée et porte jusqu'aux
montagnes de l'Auvergne. A ses pieds coule la
Tardes qui vient de Saint-Avit et traverse la paroisse
dans toute sa longueur, et, de l'autre côté, le Ron-
deau qui descend de Mautes et va mêler ses eaux à
celles de la Tardes, après un cours de plusieurs
kilomètres sur notre territoire. Il n'est pas rare de
rencontrer, à la belle saison, des touristes qui
aiment à retrouver dans cette petite Suisse quelque
chose de la nature mouvementée et grandiose de la
terre des Alpes. Au sud-ouest, la vue est bornée de
près par les hauteurs qui séparent Saint-Silvain-
Bellegarde de Néoux et de Saint-Alpinien. C'est sur

ces hauteurs que passait, dit-on, la voie romaine qui reliait l'Auvergne avec le Berry.

« L'église de Saint-Silvain-Bellegarde, dit M. l'abbé Sappin, curé-doyen de Gioux, archéologue distingué, est agréablement située sur une colline aux pieds de laquelle coule la Tardes, à 1 kilomètre environ de la petite ville de Bellegarde, ancienne capitale des Francs-Alleux. Cet édifice a dû être fondé antérieurement au xe siècle et servait d'église paroissiale pour Saint-Silvain et pour Bellegarde iusqu'en 1819, époque où eut lieu la disjonction. Il est fait mention de l'église de Saint-Silvain en 1285, et dès 1564 elle était desservie par une communauté de prêtres. Elle est renommée par sa dévotion à saint Silvain, son titulaire, que la tradition dit être le Zachée de l'Evangile. L'édifice religieux est vaste et a été rebâti ou restauré à différentes époques. Les dates de 1665 et de 1857, qu'on voit intérieurement sur une des colonnes et à la voûte, rappellent ces diverses restaurations. La porte de l'ouest est du xiiie siècle ; son clocher et les pilastres qui le supportent indiquent le xvie siècle : et la porte romane du sud, ainsi que les voûtes, sont de la dernière restauration de 1857.

« A l'intérieur, nous voyons trois travées et trois nefs, supportées par des colonnes rondes un peu lourdes et malheureusement sans chapiteaux.

« Le maître-autel possède un beau rétable en chêne à colonnes torses d'un bel effet, du xviie siè-

cle. Les deux chapelles latérales sont meublées de
deux autels de même style que le maître-autel. »

Le presbytère est attenant à l'église. Il fut cons-
truit en 1752, par M. Moreau, curé de Saint-Silvain-
Bellegarde, qui l'entoura de vastes jardins. Le tout
fut vendu nationalement à la Révolution ; mais
deux[4] donations successives restituèrent le presbytère à la commune et les jardins à la fabrique. Le
premier était rendu par son acquéreur, M. François
Coudert, juge de paix de Bellegarde, en 1821, les
autres, en 1876, par M. Gervais Guyonnet ancien
curé de Nouhant.

La paroisse de Saint-Silvain-Bellegarde ne compte
guère aujourd'hui qu'un millier d'âmes, depuis
qu'on lui a enlevé Bellegarde pour en faire une paroisse distincte et le chef-lieu du canton. Avant la
séparation, elle était administrée par le curé et
deux vicaires. Il n'est pas sans intérêt de mentionner
que M. François Goubert, curé de Saint-Silvain-
Bellegarde, fut choisi par l'assemblée du clergé
comme député aux Etats généraux qui se réunirent
à Versailles, en 1789.

Bellegarde, qui forme comme un îlot au milieu
de son ancienne paroisse et qui, durant de longues
années, usa du même cimetière, reconnut longtemps
le patronage et célébra la fête de saint Silvain.
Malheureusement cet ordre est changé. Dans ces
derniers temps, on a cru pouvoir choisir un nou-
veau patron. Sans discuter les raisons qui ont amené
cette résolution, nous osons émettre la pensée qu'il

est toujours fâcheux de rompre avec d'aussi vénérables traditions, et exprimer la crainte que Bellegarde n'ait à regretter d'avoir enlevé à saint Silvain, son apôtre et l'ami du Sauveur, un protectorat vingt fois séculaire.

II

Nos traditions sur saint Silvain.

Le culte de saint Silvain, à Saint-Silvain-Bellegarde, repose-t-il seulement sur une simple dévotion importée à une époque plus ou moins reculée? Ou bien a t-il pour origine la présence même et l'apostolat de saint Silvain sur cette portion du territoire des Lémovices?

La tradition de Saint-Silvain-Bellegarde est que son patron a été son apôtre, qu'il venait du Quercy en Berry par les voies romaines, dont l'une passait, comme nous l'avons dit, sur les collines qui dominent Bellegarde, au sud-ouest. C'est le long de cette voie que sont marquées toutes les étapes de son apostolat par les sanctuaires qui lui sont consacrés ou par les souvenirs qu'il y a laissés. C'est, outre Saint-Silvain-Bellegarde, Saint-Silvain-Montaigut, Saint-Silvain-sous-Toulx, Saint-Silvain-Bas-le-Roc près Boussac, Bonnat, Aigurandes, Montipouret, Thevet, et enfin Levroux, d'où il rayonne à la Celle-Bruères et à Noyers, et probablement en d'autres paroisses qu'il fonda, ou qui bénéficièrent plus tard des pieux souvenirs de son apostolat.

Il n'est pas moins constant que nos croyances
identifient saint Silvain avec le Zachée de l'Evangile. Cette tradition semble même être consacrée
par un monument qu'il convient de signaler ici.
Nous voulons parler du tableau du maître-autel.
Saint Silvain y est représenté de petite taille, à genoux et les mains jointes. Derrière lui on aperçoit
une croix et une grotte formée par des rochers que
couvrent des arbustes.

C'est bien le saint dont la vie nous apparaît
partout partagée entre l'apostolat, la solitude et la
pénitence ; l'homme des rochers à Roc-Amadour,
l'homme des forêts dans le Berry et la Marche. Ici,
non plus qu'à Levroux, la Celle-Bruères et Noyers,
rien ne rappelle l'évêque, bien que saint Silvain dût
avoir reçu la plénitude du sacerdoce.

D'une colombe d'argent qui domine ce tableau
part comme un faisceau de rayons lumineux qui
descendent sur le saint. En rapprochant de ce
détail que le jour et le lendemain de la Pentecôte
sont, en l'honneur de saint Silvain, des pèlerinages
qui nous amènent presqu'autant de fidèles que la
fête du 22 septembre, on a pu conclure que la foi
de nos pères reconnaissait dans saint Silvain un
disciple de Notre-Seigneur, présent au Cénacle avec
les apôtres le jour de la descente du Saint-
Esprit.

Telle est la concordance des traditions de Saint-
Silvain-Bellegarde avec celles de Levroux, de la
Celle-Bruères et des autres églises où est honoré le

même saint. Mais par plus d'un endroit apparaît leur complète indépendance.

C'est ainsi que saint Silvestre qui, à Levroux et à la Celle-Bruères, est inséparable de saint Silvain son maître, n'existe pas pour nous.

C'est ainsi encore que rien dans nos souvenirs ne rappelle la conversion de Rodène, de Corusculus et de ses compagnons. Ces faits se passèrent loin de nous et durent être ignorés de nos pères.

On en peut dire autant d'une légende naïve, assez curieuse pour trouver sa place ici et qui est commune à la Celle-Bruères et à Noyers. M. l'abbé Naudet la raconte en ces termes :

« Saint Silvain ayant été chassé de Levroux, l'impiété et la dureté de ses habitants furent châtiées par une sécheresse de plusieurs années qui désola toute la contrée. Les gens de Levroux, comprenant enfin que le Ciel se déclare pour son serviteur, vont à sa recherche, ils le virent sans le reconnaître dans un jardin, près de la place de Noyers, arrachant des choux pour planter en leur lieu des orties. Surpris de ce procédé, ils lui exprimèrent leur étonnement. Saint Silvain faisant allusion à la persécution dont il avait été victime, leur répondit : « Je fais comme les gens de Levroux, j'arrache les bons pour planter les chétifs (mauvais). » Cependant, ils continuèrent leurs recherches ; mais, chemin faisant, ils eurent le soupçon qu'ils avaient rencontré celui qu'ils cherchaient. Ils revinrent sur leurs pas. Durant ce temps, l'homme de Dieu avait gagné la forêt, et c'est à l'endroit connu sous le nom « des Bruyères » qu'ils le rejoignirent. Ensuite ils le ramenèrent à Levroux.

« C'est à une tradition semblable, toujours vivante à la Celle-Bruères, qu'a fait allusion l'auteur de *Saint Silvain, son tombeau, son culte, à la Celle-Bruères* (p. 44). Seulement, la nécessité d'expliquer comment la tête du saint était conservée à Levroux, tandis que le reste du corps était dans le tombeau du Bois-de-Sully, fit qu'on imagina là-bas un dénoûment plus tragique. »

L'absence de cette légende à Saint-Silvain-Bellegarde forme une preuve négative, si l'on veut, mais dont l'importance n'échappera à personne.

Il y en a une dernière que nous ne pouvons pas passer sous silence. Saint Martin est aussi populaire dans le diocèse de Limoges et dans la Marche, qu'il l'est dans toute la France où des milliers de paroisses (3,700, d'après M. Lecoy de la Marche) sont placées sous son vocable. Or il est remarquable que, dans les traditions de Saint-Silvain-Bellegarde, le silence est absolu sur saint Martin. On ne semble pas se douter de sa piété envers notre patron dont il venait annuellement vénérer les reliques à Levroux.

> Martins out tozjors en usage
> Qu'il alout en pèlerinage
> A Saint Souain chascune seson,

comme dit Péan Gâtineáu dans son poëme de la *Vie de Mgr saint Martin* (XIIIᵉ siècle). Qu'en faut-il conclure? Que nous avons ignoré la piété de saint Martin envers saint Silvain, parce que le grand évêque de Tours n'est pas venu parmi nous chercher la trace de notre apôtre. Nous eussions accepté ce détail, avec ceux que nous auraient fourni les souvenirs étrangers à la paroisse, si nos traditions, au lieu de reposer sur le fait certain de l'apostolat de saint Silvain, avaient été formées d'emprunts faits à d'autres églises.

Il reste donc acquis que saint Silvain a évangélisé nos pères ; qu'il a planté la croix sur la terre que nous foulons ; et que sa sainteté et les prodiges opérés par lui ont été les premières causes du mouvement religieux qui porta les peuples à venir l'implorer sur cette terre sanctifiée par sa présence, et à ne la plus désigner que par le nom même de son apôtre.

III

Vie de saint Silvain.

Nos traditions, nous l'avons dit, d'accord avec celles de Levroux, de La Celle-Bruères et de maints autres pèlerinages, font de saint Silvain le Zachée de l'Evangile. Cette tradition est l'écho de toute la foi du moyen âge. On la trouve reproduite dans les plus anciennes légendes liturgiques. M. l'abbé Duroisel, dans son étude sur saint Silvain que nous avons déjà citée, a traité cette question avec toute l'ampleur qu'elle comporte, nous ne pouvons qu'y renvoyer le lecteur ; mais voici, d'après cet ouvrage, quelle dut être la vie de saint Silvain.

Zachée, ou Silvain, était chef des publicains à Jéricho. Pour voir Jésus qui y faisait son entrée, et parce qu'il était de trop petite taille, il monte dans les rameaux d'un sycomore. Jésus l'aperçoit et lui fait l'honneur de lui demander l'hospitalité. Zachée, converti et béni par le Sauveur, s'attache à lui (saint Luc, xix, 1-10).

Après sa mort, il devient disciple de saint Pierre. Fut-il évêque de Césarée, comme le dit le livre des *Reconnaissances*, faussement attribué à saint Clément ? Son nom ne se trouvant pas dans les listes d'Eusèbe, c'est un fait qui reste contestable, mais rien n'empêcherait d'accepter ce premier apostolat en Palestine.

En l'an 42, il suit saint Pierre à Rome et est envoyé par lui, en compagnie de saint Silvestre, pour évangéliser la campagne romaine. Saint Silvestre meurt et est ressuscité par l'attouchement du bâton de saint Pierre.

En nous reportant aux traditions de l'Eglise de Bordeaux, nous retrouvons Zachée sous le nom d'Amateur. Placé par saint Pierre sous la conduite de saint Martial, il évangélise le Quercy et fonde Roc-Amadour, tandis que Véronique, son épouse, la même qui essuya la face de J.-C. durant la Passion, annonce la foi au pays de Bordeaux et fonde l'Eglise de Soulac.

C'est à ce moment qu'il semble logique de placer l'évangélisation de Saint-Silvain-Bellegarde par saint Silvain ou Zachée.

Enfin nous le retrouvons à Levroux avec saint Silvestre. Ils avaient été suivis par une jeune vierge, nommée Rodéne, fiancée à un jeune homme, nommé Corusculus, qui implorait d'eux la grâce du baptême. Quand Corusculus s'aperçut du départ de Rodéne, il se mit avec des cavaliers à sa poursuite ; mais la vierge en l'apercevant se mutila le visage, afin de n'être plus détournée du pieux dessein qu'elle avait formé de n'appartenir qu'à Jésus-Christ. Corusculus et ses cavaliers se retirent en blasphémant, mais bientôt les pieds des chevaux s'enfoncent en terre au point d'y être comme cloués. Les coupables se jettent à terre, mais leurs membres sont paralysés à leur tour, et c'est en se traînant sur les genoux qu'ils reviennent jusqu'à saint Silvain, pleurant leur faute et implorant le baptême.

On ne saurait mettre en doute que nos saints apôtres durent à plusieurs reprises exercer leur apostolat en dehors de Levroux, soit qu'ils y fussent poussés par leur zèle, soit qu'ils fussent chassés de la ville par la persécution. C'est ainsi que nous retrouvons à Saint-Silvain-Bellegarde les traces de saint Silvain et le souvenir indélébile qu'y laissa son apostolat.

Après une vie de sainteté, d'apostolat et de pénitence, saint Silvain et ses compagnons moururent à Levroux où longtemps leurs reliques furent conservées. Il faut arriver à la fin du moyen âge pour retrouver celles de saint Silvain dans la chapelle du prieuré qui porte son nom, sur les confins de la paroisse de La Celle-Bruères.

Elles y reposent dans un beau tombeau de pierre, sur les parois duquel sont représentées les principales scènes de la vie de saint Silvain, saint Silvestre et sainte Rodène, à commencer par la vocation de Zachée, monté sur le sycomore de Jéricho. Les mêmes scènes sont peintes, avec d'autres encore, sur les murs de la chapelle et reproduisent les belles légendes de la vie de notre apôtre.

Tout se réunit donc pour donner à nos traditions ce caractère de vérité qui a assuré leur durée à travers les âges. L'identité même de saint Silvain avec le Zachée de l'Evangile a pour elle toutes les vraisemblances. « La Gaule n'a-t-elle pas été la terre de prédilection des plus chers amis de Notre-Seigneur ? » Nous sommes en possession d'une croyance immémoriale, nous devons la défendre jusqu'à ce que les contempteurs de nos traditions nous en aient démontré la fausseté. « Qu'on compare nos traditions sur saint Silvain, dit encore M. l'abbé Duroisel, avec celles qui ont trait aux saints personnages de la période apostolique, et nous osons affirmer qu'on ne les trouvera ni moins complètes, ni moins autorisées. Elles portent avec elles le cachet de leur antiquité, elles exhalent un parfum qui, après avoir embaumé les siècles passés, se répand encore suavement sur le nôtre. Ainsi elles protestent d'avance

contre tout abandon que l'on ferait d'elles, par je
ne sais quel esprit de fausse science. »

IV

La statue et la fontaine de saint Silvain.

Nous n'avons pas de reliques de saint Silvain :
nous ignorons même si la paroisse en a possédé
dans le passé. Mais notre vœu le plus ardent est d'en
obtenir de la libéralité de Mgr l'Archevêque de
Bourges quand le saint tombeau de la Celle-Bruères
pourra être ouvert. Nous devons dire un mot de la
statue de saint Silvain, qui est considérée comme
miraculeuse, et de la fontaine qui porte son nom.

Cette statue est l'objet de la vénération univer-
selle, aussi la porte-t-on en procession le jour de la
fête de saint Silvain et dans les temps de calamités.
Si elle n'est pas une œuvre d'art, elle se recom-
mande par son âge, car elle parait remonter à une
époque déjà ancienne. Elle est de petite dimension
et enfermée dans une espèce de châsse en forme de
rotonde, qui est loin d'être dans un état parfait de
conservation. Mais la piété des pèlerins envers ce
vieux souvenir de la foi de nos pères ne permet pas
de la changer.

Pendant la Révolution, qui nous dépouilla de tout
le mobilier et des cloches de l'église, la statue fut
sauvée par les habitants du village du Faux qui la
cachèrent chez eux. Saint Silvain a largement ré-

compensé l'hospitalité qui lui a été si pieusement
offerte durant les mauvais jours par la conservation
d'un bien qui dépasse tous les biens, et en rendant
vaines dans le village du Faux les tentatives diverses
de l'esprit du mal. Les religieux habitants du Faux
comprendront à quels faits nous faisons allusion.

On sait quelles traditions s'attachent à certaines
fontaines sous la loi de grâce. Il semble que la vertu
des saints passe dans les eaux qu'ils ont bénies et
nous soit communiquée par elles, comme par un
sacrement. Ainsi la Vierge des Pyrénées se plaît-
elle à produire, par l'usage de la source miraculeusement jaillie à Lourdes, les merveilles qui gran-
dissent son nom dans l'univers. Ainsi avons-nous
notre fontaine de Saint-Silvain...

L'apôtre y puisa-t-il lui-même ? Appela-t-il sur
elle les bénédictions de la droite de Dieu, afin de
récompenser la foi des fidèles qui s'y désaltéraient
en invoquant son nom ?... C'est là encore un mys-
tère. Mais ce que nous savons bien, ce dont nous
avons fait, nous, pieux pèlerins, bien des fois l'expé-
rience, c'est que cette eau a été bien souvent pour
les âmes croyantes l'instrument providentiel de
grâces de choix.

Sans doute aussi ancienne que la dévotion à saint
Silvain, elle fait partie de l'héritage qu'il nous a
laissé, et nous la vénérons comme un souvenir et un
bienfait de notre père. L'emplacement même qu'elle
occupe nous est sacré, car la tradition rapporte
qu'autrefois on tenta de capter la source pour la

rapprocher de l'église dont elle est éloignée de 900 mètres ; mais les hommes employés à ce travail furent saisis d'un mal mystérieux et soudain, qui les mit dans l'impossibilité de continuer leur travail. Il fallut laisser la fontaine à son emplacement primitif, et c'est là que, après les dévotions accomplies à l'église, on va boire et puiser pour les malades que leurs infirmités ont empêchés de faire le pèlerinage.

V

Culte et pèlerinage de saint Silvain.

Le culte de saint Silvain n'est pas moins populaire à Saint-Silvain-Bellegarde qu'à Levroux, à la Celle-Bruères, à Noyers, et dans les autres paroisses où on lui rend un culte spécial.

Les solennités en son honneur ont lieu le dimanche de la Pentecôte, le lundi de la Pentecôte, le 22 septembre, jour de sa fête, et le dimanche suivant où se fait le pèlerinage. Les pèlerins arrivent nombreux, et on a pu évaluer à 4.000 le chiffre des assistants à notre dernière solennité. La dévotion à saint Silvain n'a donc rien perdu de sa popularité ; il n'en est pas de plus suivie dans tous les alentours. Un jour ne se passe guère sans que quelque pèlerin ne vienne de l'Auvergne, de la Corrèze, du Cantal et d'ailleurs, implorer la protection du « bon saint Silvain. »

Ce qu'on appelle « le mal de saint Silvain » à Levroux et à Noyers, n'est pas connu ici ; comme à la Celle-Bruères, on invoque le saint pour toute espèce de maladies et spécialement pour lui demander la guérison des enfants souffreteux ou malades, ou éprouvés par les convulsions qui font dans le jeune âge de si nombreuses victimes.

Le nombre des messes demandées pour obtenir sa protection augmente chaque année, mais la dévotion la plus commune est celle qui consiste dans la récitation d'un évangile pendant que le prêtre tient son étole sur la tête du pèlerin, auquel on fait aussi baiser la statue. On va boire ensuite à la fontaine de saint Silvain.

On inscrit, sur un registre spécial, les noms des enfants que l'on désire placer sous la protection particulière de saint Silvain. L'inscription se fait pour un temps plus ou moins considérable, 5 ans, 10 ans... On appelle cette pratique « renter les enfants ».

Il n'est pas rare de voir des pèlerins venir à pied et parfois de fort loin, unissant ainsi la pénitence et la piété envers notre protecteur. Ils emportent pour leurs malades des cordons bénits, connus sous le nom de « Rubans de saint Silvain ». Ils font bénir des linges et des vêtements que les malades portent pendant neuf jours.

Beaucoup de pieux pèlerins, de mères inquiètes pour leurs familles, de femmes enceintes font pour eux et pour leurs enfants, le vœu de renouveler ce pèlerinage pendant plusieurs années ; enfin le nom de saint Silvain est donné au baptême à un grand nombre d'enfants.

Le respect humain est inconnu dans le pèlerinage. Ici les hommes sont aussi nombreux que les femmes, et tous prient avec une ferveur véritablement édifiante.

Pendant de longues années celui qui trace ces lignes vit ainsi arriver à nos fêtes deux vénérables pèlerins qui, chaque fois, se faisaient inscrire pour des messes. Il leur demanda un jour s'ils venaient depuis longtemps. « Dans nos familles, répondirent-ils, on vient à saint Silvain de père en fils ; et nous-mêmes nous faisons le pèlerinage depuis quarante ans : quand vous ne nous verrez plus, vous pourrez dire que nous aurons cessé de vivre. » Depuis deux ans, ils ne paraissent plus : leur foi et leur confiance en saint Silvain aura sans doute reçu sa récompense.

Nous n'aurions pas tout dit sur le culte de notre patron à Saint-Silvain-Bellegarde, si nous ne décrivions pas une de nos fêtes. Un prêtre distingué, enfant du pays, professeur de rhétorique au petit-séminaire d'Ajain, M. l'abbé E. Benne, va nous raconter, au chapitre suivant, notre belle fête de l'année dernière. Nous lui cédons la plume.

VI

La fête de Saint-Silvain-Bellegarde, le 24 septembre 1893.

« Depuis longtemps, la fête de saint Silvain fait époque dans la région qui s'étend entre Chénerailles, Lavaveix, Ahun, Aubusson, Felletin d'une part, et Montel-de-Gelat, Saint-Avit-d'Auvergne, Giat, Herment, Pontaumur, Ussel, Eygurande, de l'autre : elle est aussi populaire que les plus grandes solennités de l'Eglise : et dans tout le pays on dit couramment : les Quatre-Temps de la Saint-Silvain, comme : les Quatre-Temps de Noël, du Carême, de la Pentecôte.

« Cependant le malheur des temps, l'indifférence croissante semblaient avoir, sinon détruit — il s'en faut, grâce à Dieu ! — du moins notablement diminué l'affluence des fidèles qui se pressent, trois fois chaque année, dans l'humble et modeste bourgade de Saint-Silvain-Bellegarde.

« Appelé par la confiance de Mgr l'Evêque de Limoges à paître cette portion de son troupeau, M. l'abbé Raynaud comprit que l'un de ses premiers devoirs était de conserver et d'étendre le culte du saint patron dont il se flatte d'avoir, lui aussi, dans son enfance, éprouvé le pouvoir miraculeux. Cette dévotion lui parut un puissant moyen de raviver la foi, non seulement dans la paroisse dont il recevait

la charge, mais dans toute la contrée ; il lui sembla
qu'il est plus salutaire et plus facile, surtout à notre
époque, d'entretenir les œuvres déjà vivantes que
d'en créer de nouvelles. Aussi son rêve fut-il
longtemps de grouper, en notre fin de siècle, ces
foules de pèlerins dont nos anciens conservent le
souvenir ému et dont ils parlent encore avec atten-
drissement.

« Si la réalisation de ce rêve a rencontré de
nombreux obstacles, on peut dire qu'elle est maintenant un fait accompli ; et le 24 septembre 1893,
saint Silvain voyait se presser autour de son image
une vraie foule, comme aux plus beaux jours.

« Puissamment encouragé par l'autorité de son
Evêque, Sa Grandeur Mgr Renouard, que des cir-
constances impérieuses avaient pu seules empê-
cher de présider la fête, mais que nous ne désespé-
rons pas de posséder bientôt, M. le curé avait con-
vié les pasteurs et les fidèles des paroisses voisines
à une grande procession. Son appel avait été
entendu : toutes les bonnes volontés se montraient
généreuses et empressées, pour l'édification commune ; et, si l'on a pu remarquer encore quelques
hésitations inspirées par une prudence excessive, il
est permis d'affirmer que, désormais, la cause est
gagnée : l'année prochaine, tout le pays viendra
officiellement escorter saint Silvain, lui apporter
ses hommages et solliciter ses faveurs.

« Mais pourquoi évoquer l'image lointaine de
l'avenir ? Le présent est assez consolant ! Cette

année déjà, on a vu défiler dans l'immense procession qui s'est faite selon l'usage, de l'église à la fontaine du saint, les nombreux représentants de presque toutes les paroisses du doyenné, sous la conduite de leurs zélés pasteurs, et ceux de plusieurs paroisses voisines (1) ; déjà même on a pu saluer des bannières étrangères qui reviendront, escortées, cette fois, de beaucoup d'autres.

« La foule compacte et recueillie qui, longtemps avant l'heure des offices, remplissait la vaste église, trop étroite en ce jour, s'est, sans empressement comme sans trouble, rangée pour ainsi dire d'elle-même et sous l'inspiration de sa foi, en un bel ordre ; et le Célébrant avait à peine franchi le seuil du temple sacré que déjà la tête des deux longues files de pèlerins dépassait la fontaine, située à 900 mètres et revenait, par un autre chemin, se ranger autour de la croix qui domine la place du cimetière. Si l'heure avancée eût permis de laisser tous les fidèles prendre place dans les rangs du défilé, la procession aurait aisément formé un cercle complet, une admirable couronne de chrétiens, priant et acclamant leur céleste Protecteur.

« Il n'est pas exagéré de porter à 4.000 le nombre des pèlerins et, depuis de longues années

---

(1) Les paroisses représentées officiellement, M. le curé en tête, étaient celles de Bosroger, La Chaussade, Champagnat, Lupersat, Mautes, Saint-Alpinien, Saint-Domet, Saint-Avit-de-Tardes, Saint-Meixant, Le Puy-Malsignat et Néoux.

assurément, Saint-Silvain n'avait vu un pareil spectacle.

« Hâtons-nous d'ailleurs de le dire, car c'est là le trait dominant et le caractère consolant de cette fête, nulle pompe extérieure, aucun attrait sensible pour expliquer un tel concours. Par une disposition que l'on peut regarder comme providentielle, diverses tentatives faites pour donner à la solennité un plus grand éclat, avaient complètement échoué : Dieu voulait réserver à notre foi l'édifiant tableau d'une multitude réunie par l'unique intérêt de la dévotion et dans le seul but de prier.

« Aussi M. l'archiprêtre d'Aubusson, qui avait bien voulu s'arracher aux nombreux soucis de sa charge pastorale, pour présider la cérémonie, a-t-il pu, dans une improvisation toute remplie d'un zèle apostolique, célébrer devant la foule groupée autour de la croix, le triomphe de la *foi* et prêcher la confiance en saint Silvain : l'auditoire était bien disposé à entendre ces nobles accents.

« Puis, la procession se reforme et, sans précipitation, sans désordre, l'assistance vient *s'entasser* — le mot n'est pas trop fort, — dans la magnifique église, pour entendre la messe, chantée par un enfant de la paroisse.

« Après l'Évangile, M. l'archiprêtre monte en chaire et, s'inspirant heureusement de la circonstance, rappelle les caractères surnaturels de la sainteté et en fait l'application à saint Silvain : parole chaude, pieuse et édifiante, bien capable de

faire mieux connaître et plus généreusement servir.
le glorieux serviteur de Dieu, dont le nom est sur
toutes les lèvres et dans tous les cœurs.

« Et maintenant, il serait aisé de louer le recueille-
ment de la multitude et son attitude religieuse, de
célébrer son empressement à vénérer l'image du
saint, de dire un mot des vêpres chantées devant.
une assistance considérable ; mais ce que nulle plume
ne saurait rendre, c'est le caractère consolant et.
pieux d'une telle manifestation, c'est le spectacle
offert aux anges de Dieu par cette réunion de chrétiens tout entiers à la prière, c'est surtout la douce
et ferme espérance que fait concevoir pour l'avenir
d'un pays une fête de ce genre.

« Laissons donc aller nos cœurs à la confiance :
osons, — tout nous y convie — bien augurer du
sort de la religion pour cette partie de la Creuse ;
espérons que le culte de saint Silvain, célébré de
jour en jour avec un élan plus marqué, fera refleu-
rir parmi nous l'antique foi de nos pères, et saura
réserver au cœur du pasteur de légitimes consola-
tions, et à l'âme des fidèles d'abondants fruits de
grâces temporelles et de sanctification. »

VII

Faveurs accordées par saint Silvain.

Nous serions infini sans doute si nous pouvions
raconter toutes les grâces qui ont contribué à

rendre si populaire le culte de saint Silvain. Qu'il nous suffise de rapporter deux faits, dont l'un a été consigné dans les anciens registres paroissiaux, conservés aujourd'hui à la mairie; nous avons été nous-mêmes témoin du second arrivé récemment. Il va sans dire qu'en transcrivant textuellement les deux procès-verbaux que l'on va lire, nous protestons de notre soumission entière au jugement de la sainte Eglise, qui seule a puissance pour déterminer le caractère miraculeux des faveurs célestes.

1°. *Miracle évident que Dieu a fait en faveur d'une fille qui a eu recours à saint Silvain.*

« L'an mil sept cent cinquante-quatre, le vingt-quatre juin, jour de saint Jean-Baptiste, est venue dans cette église de Saint-Silvain-Bellegarde, en dévotion, Marie Létapies, fille âgée d'environ vingt-trois ans, du bourg de Saint-Avit-d'Auvergne, diocèse de Clermont, de présent servante dans la maison de maître Jean Petit, notaire royal aux Poux, paroisse de Saint-Avit-de-Tardes, laquelle a fait dire une messe en l'honneur de saint Silvain, que nous soussigné, Joseph Petit prêtre, vicaire de cette paroisse, ai dite. Cette fille était demeurée l'espace de dix ans muette, sans pouvoir se faire entendre que par des signes; et de plus, elle avait le visage tourné vers les reins. Pendant la messe, elle sentait un bouleversement dans tout son corps, et surtout dans ses bras des mouvements qui les raidissaient derrière elle. Le lendemain 25, elle commença à vouloir parler, sans cependant pouvoir s'énoncer. Le 26 du dit mois, sur les dix heures du matin, elle reprit l'usage de la parole, ainsi qu'il apparut le 30 du dit mois, étant revenue dans cette église en actions de grâce. Nous avons chanté un *Te Deum* en action de grâce avant notre messe de paroisse.

« Le tout vérifié par sa déclaration à nous faite et par plusieurs témoins qui l'ont vu muette, entre autres : maître Jean Petit, notaire royal du lieu des Poux, paroisse de Saint-Avit-de-Tardes soussigné, Antoine Vergne du village de la Pradelle, Silvain Bardy du même village, aussi soussigné avec nous le trente juin mil sept cent cinquante-quatre et la dite Marie Létapies a déclaré ne savoir signer.

« On pourra y ajouter foi comme à un miracle évident que Dieu a fait en sa faveur, lui ayant rendu l'usage de sa langue et son visage dans la même assiette. Ont signé : Moreau, curé de Saint-Silvain-Bellegarde et Petit, vicaire de Saint-Silvain-Bellegarde, Bardy, Petit et Vergne. »

II°. *Autre fait miraculeux.*

« L'an mil huit cent quatre-vingt-treize, le trente août, Stéphane Gaumet, âgé de 15 ans, du village de Malleret, paroisse de Saint-Silvain-Bellegarde, s'amusait avec un révolver. Un coup part et une balle va se loger dans la tête au-dessus de l'œil droit. Le médecin arrive et travaille en vain pendant deux heures et demie à extraire la dite balle ; il ne parvient à arracher que quelques fragments d'os et quelques morceaux de chair. Il déclare la mort certaine dans trois ou quatre heures au plus. On vient demander mon ministère ; j'arrive ; je trouve le malade sans parole ; je l'administre *in extremis*. Pendant l'administration de l'Extrême-Onction, il me vint une idée : Recommander le malade à saint Silvain. Je lui pris la main droite, la gauche était morte ainsi que le côté, et je lui crie : « Nous allons prier saint Silvain pour ta guérison : si tu veux, serre-moi la main. » Ce qu'il fit parfaitement. On décida alors de chanter une messe pour la guérison du malade en l'honneur du bon saint Silvain. Les parents et amis du malade y assistèrent. A partir de ce moment, la maladie fut enrayée, si bien que la guérison est venue vite et elle est parfaite. Le jeune homme ne souffre plus et son œil n'a aucun mal.

« En témoignage de la vérité de ce fait, ont signé avec nous, Raynaud, curé de Saint-Silvain-Bellegarde : Stéphane Gaumet, le malade guéri ; Frédéric Gaumet, son frère ; Marie Benne, sa tante ; et André Benne, ancien maire de Saint-Silvain.

« Saint-Silvain-Bellegarde, le 9 novembre 1893. »

(Suivent les signatures.)

Que d'autres guérisons n'ont pas été constatées avec la même solennité ! On venait, on priait, on s'en retournait consolé ou guéri ; on gardait profondément gravé au cœur le souvenir du bienfait

reçu ; on le racontait quelquefois en famille aux
veillées d'hiver afin de faire passer au cœur des
enfants la confiance dans le saint dont on avait
éprouvé la puissance, et tout se bornait là... Saint
Silvain nous a bénis, consolés, guéris... Honneur,
gloire, actions de grâces lui soient rendues !

VIII

Conclusion.

C'est avec bonheur que nous avons recueilli nos
pieuses traditions ; elles tiennent au sol même de
Saint-Silvain-Bellegarde, elles ne cesseront jamais
de faire partie de l'héritage qui nous a été légué
par la foi de nos pères.

« Vingt siècles se sont écoulés depuis la mort de
saint Silvain ! dit l'auteur de *Saint-Silvain à La
Celle-Bruères;* vingt siècles ont passé sur la possession de La Celle-Bruères et de Levroux (comme sur
celle de Saint-Silvain-Bellegarde !) et le temps qui
use tant de choses n'a pas entamé nos traditions !
que dis-je ! en les respectant, il les a revêtues du
caractère propre de la vérité qui est de demeurer
toujours ! Et, s'il reste ici des points obscurs, ces
peuples qui se sont donné rendez-vous dans tous les
siècles (au pèlerinage de Saint-Silvain-Bellegarde,)
au tombeau de La Celle-Bruères et de Levroux, sont
la voix de Dieu rendant témoignage à un saint qui
fut lui même son témoin à *Jérusalem, dans la Judée*

et la Samarie et jusqu'aux extrémités de la terre (Act., I, 8). »

Dieu est admirable dans ses saints, et par les grâces dont il les a comblés, et par les exemples qu'ils nous ont donnés, et par la gloire dont ils jouissent, et aussi par les faveurs qu'ils nous obtiennent : *Mirabilis Deus in sanctis suis !* Il est admirable aussi dans notre saint, dont la vocation a été un miracle, dont la vie a été toute de sainteté, de travail et de pénitence, et dont la protection sur tous ceux qui ont eu confiance en lui ne s'est jamais lassée.

Gardons donc notre amour au saint qui a vécu parmi nous, qui a foulé la terre sur laquelle nous vivons, qui a évangélisé nos pères, et dont le culte a survécu aux révolutions des âges et à l'indifférence de notre temps !

Jusqu'ici il n'a eu en partage que les honneurs d'un culte local. Mais que les traditions éparses dans les diverses contrées sanctifiées par son apostolat, arrivent à se grouper, et la lumière sera faite, et ses titres à un culte universel seront établis. Le pourrait-on refuser à celui qui ne fait qu'un avec le publicain de Jéricho ? au croyant dont la vocation tient une si belle place dans l'Evangile ? à l'apôtre enfin qui, en portant le nom de J.-C. sur tant de points de la vieille Gaule, a eu sa part dans la préparation des destinées de la France chrétienne ?

En attendant que cet espoir se réalise, Fidèles qui aimez à prier saint Silvain dans les sanctuaires

qui lui sont dédiés, vous en particulier, pieux pèlerins de Saint-Silvain, redoublez de ferveur, invoquez avec confiance votre apôtre et votre protecteur
séculaire !

Ce qu'il a fait par le passé, il le peut faire encore;
et il n'est pas un seul de vos foyers auquel il ne
puisse redire la parole que lui adressa Jésus :
« *Hodie salus domui huic facta est !* Aujourd'hui
toute bénédiction est donnée à votre maison ! »

SAINT SILVAIN, APOTRE DE LEVROUX DE LA CELLE-BRUÈRES ET DE SAINT-SILVAIN-BELLEGARDE

Priez pour nous !

SAINT SILVAIN, MODÈLE DES PÉNITENTS

Priez pour nous !

SAINT SILVAIN, SANTÉ DES MALADES

Priez pour nous !

SAINT SILVAIN, PROTECTEUR DES PETITS

Priez pour nous !

SAINT SILVAIN, PATRON DES ENFANTS ET CONSOLATEUR DE LEURS MÈRES

Priez pour nous !

PROSE

En l'honneur des SS. SILVAIN, SYLVESTRE et RODÈNE

(Missel du XVIᵉ siècle.)

1. Gratuletur plebs fidelis,
In terra pax, et in cœlis
Deo detur gloria !

2. Qui Silvanum sublimavit,
Et cum sanctis collocavit
In cœlesti curià.

3. Hic est per quem crediderunt,
Veterem que rejecerunt
Errorem increduli.

4. Unus ex his quos vocàvit,
Et per orbem delegavit
Pius autor sœculi.

5. Romam Petrum est secutus,
A quo fuit constitutus
Seminator fidei.

6. Cui Sylvester sociatur;
Per hos fides propagatur ;
Per hos cœpit provehi.

7. Cum Sylvester decessisset
Desolatusque rediisset
Ad Petrum discipulus.

8. Quo sepultus suscitatur,
Pastoralis ei datur
Virga sive baculus.

9. Ibant ergo prœdicantes,
Verbum vitœ seminantes,
Totam per Italium.

10. Claudis gressum restaurantes,
Cœcis visum, effugantes
Omnem idololatriam.

11. Se Rodena sanctis junxit,
Quam cœlestis Pater unxit.
Unctione spiritus.

12. Hanc Silvanus baptizavit,
Et hanc sibi desponsavit
Patris unigenitus.

13. His auditis perturbatur,
Et quo isset scissitatur
Sponsus ejus sœviens.

14. Locum sibi designatum
Adit, secum comitatum
Militum accipiens.

15. Urens igne caritatis
Adest Virgo, detruncatis
Naso, labris, auribus.

16. Sanat eam vir virtutis,
Etiam cunctis restitutis
Locosu o partibus.

17. Dum festinant recedentes,
Et per viam gradientes
Milites quâ venerant,

18. Loco sicco demerguntur,
Renitentes, relabentes,
Surgere non poterant.

19. Omni ope destituti,
Mox ut sancti pervoluti
Complexi sunt genua.

20. Supplicant et baptizantur,
Christum Deum confitentur
Voce pià, mente sanctà.

21. Ejus tenent vestigia
Cui laus sit perpetua.
Amen. Alleluia.

Oraison à saint Silvain.

O Dieu qui, après avoir daigné appeler Zachée, le bienheureux Silvain, et loger dans sa maison, l'élevez si haut sur la terre par tant de miracles, et dans le ciel par tant de gloire ; vous qui, par amour pour lui et ses compagnons, guérissez les corps du feu de la maladie, ah ! nous vous en prions, veuillez éteindre en nous la flamme des vices, ô vous qui vivez et régnez avec le Père et le Saint-Esprit.

Ainsi soit-il.

Cantique a Saint Silvain

O notre Père,
Sèche nos pleurs !
Que ta prière
Guérisse nos douleurs !
} *bis.*

I. Du bon Sauveur attendant le passage,
A Jéricho, le bienheureux Silvain
De son pardon recueille le doux gage
Et sous son toit reçoit l'Hôte divin.

II. Voulant jouir des divines promesses,
De ses péchés il fait un humble aveu,
Et sans retour il renonce aux richesses
Pour se donner sans partage à son Dieu.

III. Et quand Jésus, pour convertir la terre,
Veut que les siens portent partout ses lois,
Nouvel apôtre, à la voix de saint Pierre,
Il obéit et va prêcher la croix.

IV. Son dévoûment ne connaît pas d'obstacles,
Il sait aimer parce qu'il sait souffrir ;
Sa foi partout opère des miracles,
A sa parole on voit les cœurs s'ouvrir.

V. Enfin de Dieu la puissance rayonne :
L'aveugle voit, la peste fuit les corps,
Quand le tombeau tient sa proie, il ordonne
Et le tombeau lui-même rend ses morts.

VI. Aux jeunes fronts surtout ses mains puissantes
D'un prompt secours prodigue les faveurs,
Et mille fois des voix reconnaissantes
Ont proclamé saint Silvain leur sauveur.

VII. Vous dont le cœur a tressailli de crainte,
Mère éplorée, invoquez son secours :
De votre cœur adressez-lui la plainte,
Et sa bonté vous entendra toujours !

VIII. Saint Confesseur, puisqu'au séjour des anges
Pour t'honorer nos vœux montent vers toi ;
Garde en nos cœurs, tout pleins de tes louanges
La charité, l'espérance et la foi.

O tendre Père,
Sèche nos pleurs,   } bis.
Que ta prière
Guérisse nos douleurs.

Nos pieux lecteurs comprendront que, dans une brochure populaire, nous n'avons pu nous étendre sur les détails de la vie de saint Silvain. Ceux qui voudront mieux connaître notre saint patron pourront lire le livre de M. l'abbé Duroisel, curé de La Celle-Bruères : SAINT SILVAIN, SA CHAPELLE, SON TOMBEAU, SON CULTE A LA CELLE-BRUÈRES, 2 *francs, franco, au profit de l'œuvre du tombeau de saint Silvain. S'adresser à* M. LE CURÉ DE LA CELLE-BRUÈRES (*Cher*), *ou à* M. TARDY-PIGELET, *imprimeur à Bourges* (*Cher*).

Ils y trouveront les descriptions des curieuses peintures de la chapelle et des sculptures du tombeau, expliquées par les textes des antiques légendes des plus vieux offices de saint Silvain. — Nous devons à M. l'abbé Duroisel « de pouvoir orner la présente brochure de la phototypie du tombeau, véritable œuvre d'art et précieux souvenir que nos pieux pèlerins aimeront à connaître et à vénérer.

St-Amand. — Imprimerie St-Joseph.

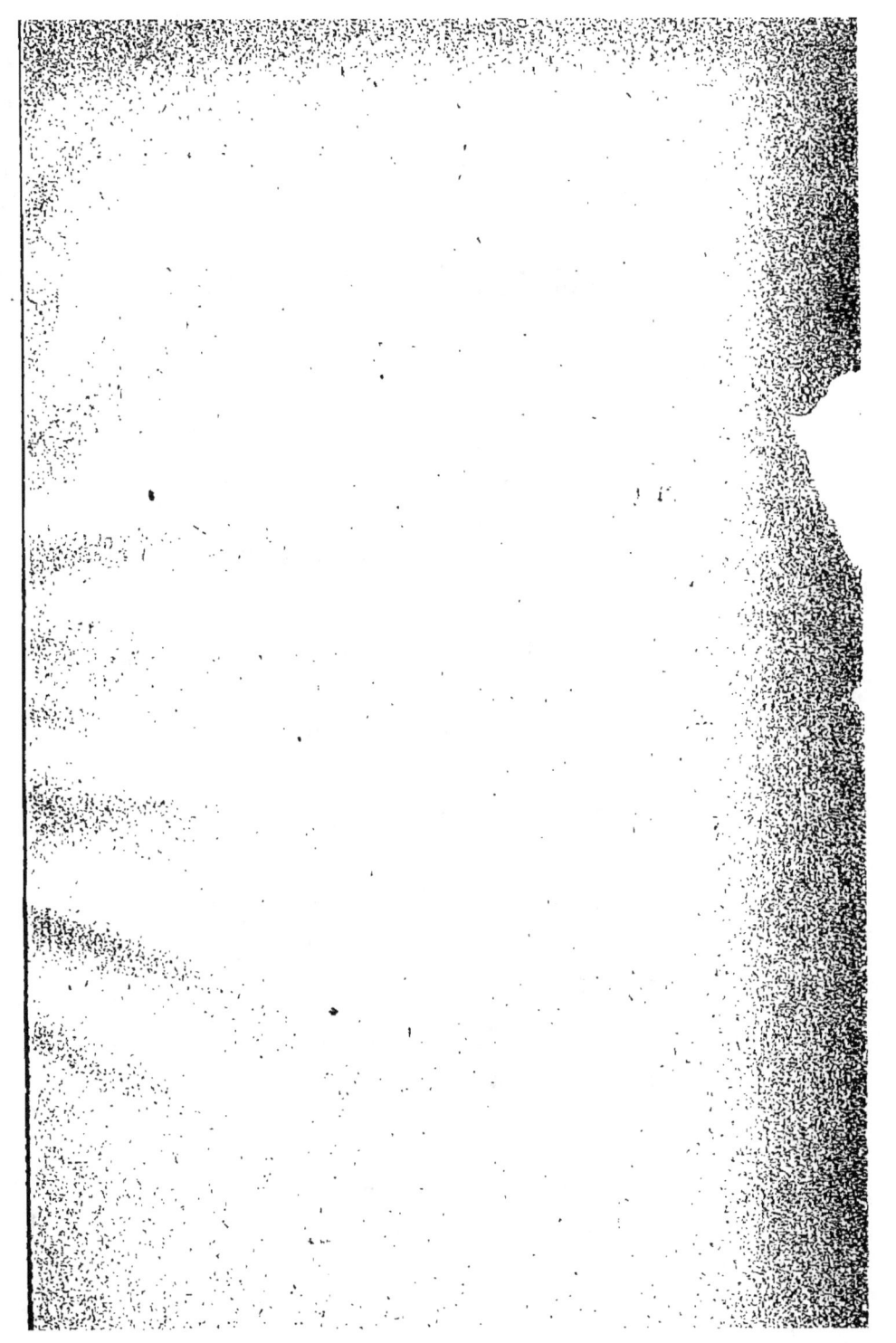

Opuscules sur Saint Silvain

1o *Le Pèlerinage de Saint-Silvain-Bellegarde.*
Brochure in-12 avec une phototypie.
Au profit du pèlerinage, 0,50.

S'adresser à M. le Curé de Saint-Silvain-Bellegarde (Creuse).

2o *Saint Silvain, sa chapelle, son tombeau,
son culte, à La Celle-Bruères.*
In-8o orné de sept phototypies.
Au profit du tombeau de saint Silvain. 2 fr.

S'adresser à M. le Curé de La Celle-Bruères
(Cher).

3o *Le Pèlerinage de saint Silvain à Noyers.*
Brochure in-12 avec deux phototypies.
Au profit du pèlerinage, 0,50.

S'adresser à M. le Curé de Noyers, par Saint-
Aignan (Loir-et-Cher).